کرنیں

(بچوں کی کہانیاں)

مصنفہ:

ثاقبہ رحیم الدین

© Saqiba Rahimuddeen

KirneiN *(Kids Stories)*
by: Saqiba Rahimuddeen
Edition: May '2024
Publisher :
Taemeer Publications LLC (Michigan, USA / Hyderabad, India)

ISBN 978-93-5872-931-3

مصنفہ یا ناشر کی پیشگی اجازت کے بغیر اس کتاب کا کوئی بھی حصہ کسی بھی شکل میں بشمول ویب سائٹ پر اَپ لوڈنگ کے لیے استعمال نہ کیا جائے۔ نیز اس کتاب پر کسی بھی قسم کے تنازع کو نمٹانے کا اختیار صرف حیدرآباد (تلنگانہ) کی عدلیہ کو ہو گا۔

© ثاقبہ رحیم الدین

کتاب	:	**کرنیں** (بچوں کی کہانیاں)
مصنفہ	:	**ثاقبہ رحیم الدین**
صنف	:	ادب اطفال
ناشر	:	تعمیر پبلی کیشنز (حیدرآباد، انڈیا)
سالِ اشاعت	:	؁۲۰۲۴ء
صفحات	:	٦٦
سرورق ڈیزائن	:	تعمیر ویب ڈیزائن

ترتیب

نمبر شمار	کہانی	صفحات
۱۔	پیش لفظ	6
۲۔	سارا کی کہانی	8
۳۔	انعام	17
۴۔	اللہ جی تم سچ مچ پیارے ہو	24
۵۔	چراغ	33
۶۔	سچا دوست	47
۷۔	کرنیں	58
۸۔	درخت پرندے اور والنیٹرزم	65

کرنیں

پیش لفظ

سچی بات ہے کہ ہم نے تو خود کبھی کچھ نہ کہا۔ کبھی سویرے سویرے تم دوڑے چلے آئے اور کبھی شام سے تھکے ماندے، آنکھیں ملتے ہمارے گھٹنے سے لگے بیٹھے رہے۔ یوں بھی ہوا کہ تم جاڑوں کی راتوں میں آتش دان کے پاس لحاف میں دبکے ہماری طرف دیکھتے رہے۔ اور اکثر یہ بھی ہوتا تھا کہ تم سورج ڈھلے ہرے بھرے سبزے پر ہمارے آس پاس آن بیٹھتے تھے۔ بس تمہاری بات تھی تو اتنی تھی کہ اماں کہانی سناؤ کہانی سناؤ۔

جس طرح سے ہمیں یہ نہیں معلوم کہ دنیا جہان کے بچوں نے ہم سے اتنی محبت کیوں کی ہے۔ اسی طرح ہمیں یہ بھی نہیں معلوم کہ کہانیاں کہاں سے اترتی ہیں اور کیسے دلوں میں جا بیٹھتی ہیں۔ یوں سمجھو کہ جیسے کوئی تارا، جیسے کوئی جگنو، جیسے کوئی چڑیا اور جیسے کوئی پھول ہر وقت اور ہر جگہ ہمارے پاس موجود رہتا ہے سچ مچ اسی طرح کہانیاں اور بچے سنگ سنگ رہتے ہیں۔

میرے ننھے منے دوستو۔ تم چھٹیوں میں مجھے خط لکھنا۔ تم نے میری کہانیوں کی کتابیں "صبح کا تارا" ۔ "جاگو جاگو"۔ "دوستو چلے چلو"

اور "سورج ڈھلے" پڑھی ہوں گی۔ "کرنیں" پہنچنے کے بعد، اور کچھ وقت گزارنے کے بعد، تمھیں میری کتاب "نیند آئی" اللہ کی مرضی سے ضرور مل جائے گی۔

خدا جانے کیوں آج کی کہانیاں کرنیں بن گئی ہیں۔ کبھی چمکتی ہیں اور کبھی چھپ چھپ جاتی ہیں۔ یعنی تمہیں حیران بھی کرتی ہیں اور تمہاری سمجھ میں بھی آتی جاتی ہیں۔ مگر ہمیشہ خوبصورت اور جی کو خوش کرنے والی....

ہمیں ایسا لگتا ہے کہ جب بچے ہم سے خوش تو شاید ہمارا پیارا اللہ ہم سے خوش۔

ثاقبہ رحیم الدین

"سارا کی کہانی"

آؤ بچو۔ سنو کہانی ۔ کل تم نے ایک کہانی سنائی تھی اور ہم نے سنی تھی ۔ اچھا آج ہم تمہیں ایک بہت پیاری اور سچی کہانی سناتے ہیں ۔تم نے اکثر سنا ہوگا "سچی بات کہو، کہانی نہ گھڑو" اور تمہارے سامنے یہ ذکر بھی ہوا ہو گا " واہ واہ کیا کہانی تھی ، اس کی ہر بات سچی تھی !!" دیکھو بچو یہ دونوں باتیں ساتھ ساتھ چلتی ہیں ۔ کبھی کہانی کہنے والا ہمیں کوئی سچی بات یاد کروا دیتا ہے اور کبھی کوئی سچا واقعہ کہانی بن کر ہمیں ہمیشہ یاد رہتا ہے ۔ ہاں تو میں تمہیں ایک چھوٹی سی اور بالکل سچی کہانی سنانے چلی ہوں ۔

یہ کہانی صدیوں پرانی مصر کی ایک لڑکی سارا کی کہانی ہے جب نہ ہم تھے اور نہ تم ۔ یہ پرانے اور بہت پرانے وقتوں کی بات ہے کہ دریائے نیل کے کنارے سادہ سے لوگوں کی ایک بستی آباد تھی۔ اس وقت لوگ مصر کو دریائے نیل کا تحفہ کہتے تھے۔ وہاں کے لوگوں میں میل ملاپ تھا اور ان کے بزرگوں نے ان کو کئی فن و ہنر سکھائے ہوئے تھے ۔ اُن کا کھانا پینا ، لباس ، اور گھر دَر بھی اچھے معیار کے تھے ۔ وہ علم و ادب کی کتابیں لکھتے تھے اور مجمع میں چاندنی

راتوں میں سناتے بھی تھے۔ آج سے تقریباً ساڑھے ۴ سو سال پہلے کی بات ہے کہ مصر کے باشندے ذہین، تعلیم یافتہ اور ہنر مند تھے۔ میرے دوستو! بس کمی تھی تو یہ تھی کہ اُن کے پاس دینِ اسلام نہ تھا۔ ان میں سے زیادہ تر مصری قدرتی قوتوں کی پرستش کرتے تھے جیسے آگ، سانپ، سورج اور دریا کو طاقت ور مان کر پوجنا۔ اس زمانے میں وہ لوگ اللہ کے بنائے قدرتی نمائندوں کو خوش رکھنے کی ہر ممکن کوشش کرتے تھے۔ مثال کے طور پر مرے ہوئے بڑے سے ناگ کو سونے میں بُت کی طرح بنوا کر اونچے پتھر پر نصب کر دینا۔ دوپہر میں جب سورج سوا نیزے پر ہوتا تھا، تو کھلے میدان میں ساری آبادی ہاتھ باندھے کھڑی ہوتی اور ایک طرز میں گیت گا رہی ہوتی تھی۔ اسی طرح وہاں نظرِ بد دور کرنے کے لئے لوگ ہزاروں کپڑوں کے تھان اور سیاہ مرچوں کو آگ میں ڈال دیا کرتے تھے۔

میرے دوستو۔ تم تو حیرت میں پڑ گئے ہو کہ یہ کیسی دنیا تھی۔ یہ وہ قوم تھی جو قبل اسلام اپنی تہذیب اور تاریخ رکھتے ہوئے بھی بجائے روشن خیالی کے وہم اور تعصبات کا شکار تھی۔ ہاں تو بات ہو رہی تھی دریائے نیل کی۔ اس دیس میں دریائے نیل بہتا تھا۔

دریائے نیل کے کنارے آباد اس بستی کے لوگ ہمیشہ سے اس

بات کے عادی تھے کہ جب دریائے نیل کا پانی کم ہونے لگتا تھا تو نقارہ پیٹ دیا جاتا تھا کہ بُرا وقت آنے والا ہے۔ اس بستی میں جو خاندان بہت شریف اور مقدس مانا جاتا تھا، ان کی نیک اور کم عمر لڑکیوں میں سے ایک کا چناؤ کر لیا جاتا تھا۔ خاندان والے اس گیارہ بارہ سال کی خوبصورت بچّی کی تربیت اور صحت پر خاص توجہ دینے لگتے تھے۔ اس بچّی کو سمجھایا جاتا تھا کہ دریائے نیل تمہاری جان کی قربانی مانگ رہا ہے تاکہ اُس کا پانی بہتا رہے اور ہماری فصلیں اور کھیت کھلیان سرسبز رہیں۔ اور معصوم بچی کو ہر لحاظ سے قائل کر دیا جاتا تھا کہ یہ ثواب حاصل کرنے کا سب سے اچھا ذریعہ ہے۔ معلوم نہیں کیوں، وہ ڈر کے مارے تیار ہو جایا کرتی تھی۔ بستی والے مغرب سے پہلے، اُس معصوم بچّی کو ایک بڑے گروہ کے ساتھ اور مذہبی پیشوا کو لے کر دریائے نیل کے کنارے جاتے۔ شام ڈھلے جب آسمان پر شفق پھیلی ہوتی تھی، اُس چھوٹی سی بچی کو جو دلہن کا لباس پہنے ہوئے ہوتی تھی، دھکیل دیتے تھے۔ پھر سب مل کر آسمان کی طرف منہ کر کے اونچی آواز سے دعا کرتے "اے نیل ہماری قربانی کو قبول کر اور رحم سے ناراض نہ ہو"

میرے بچو ـــ یہ تو مانی ہوئی بات ہے اللہ نے ہمیشہ سے اپنے بندوں پر رحم کیا ہے۔ چند دن گزرتے تو بارش ہو جایا کرتی تھی اور دریا

زور شور سے بہنا شروع ہو جایا کرتا تھا۔ تب مصر والے کہا کرتے تھے "نیل نے دلہن کو قبول کر لیا ہے"۔

پچھلے دو چار سالوں کی بات ہے کہ ایک بار ہندا اور ایک بار فاطمہ کو دلہن بنایا گیا تھا۔ اس دفعہ سارا کی باری تھی ـــــ وہ بھورے بالوں اور بھوری آنکھوں والی، گوری اور چھوٹی سی لڑکی تھی۔ اُن دنوں مصر میں لوگ قبیلوں میں بٹے تھے۔ سارا کو اس کی پھوپھی سعدیہ بی بی نے دودھ پلا پلا کر پالا تھا اور چھ سات سال تک اپنے قبیلے میں رکھا تھا۔ سارا نے نیل کی دلہن کی کہانی گھر میں سنی تھی۔ سارا جب سات سال کی ہوئی تو اپنے ماں باپ کے پاس چلی گئی اس کی بڑی بہن کا نام کلثوم اور چھوٹے بھائی کا نام نعمان تھا۔ اب وہ مکتب میں پڑھنے لگی تھی۔ اس نے اور نعمان نے ایک بلی کا بچہ پالا ہوا تھا۔ تینوں بھائی بہنیں شام ڈھلے، گھر کے صحن میں جھولا جھولتے تھے۔ غرض زندگی کے دن ہنستے کھیلتے گزرتے تھے۔

ایک دن کیا ہوا ـــــ خدا کے حکم سے دریائے نیل کا پانی خشک ہونا شروع ہو گیا۔ اس وقت سارا کی عمر بارہ سال تھی۔ قبیلے کے سردار نے سارا کا نام منتخب کر دیا کہ وہ نیل کی دلہن بنے گی ـــــ سارا دلہن بننے کے یہ معنی سمجھتی تھی کہ اچھے کپڑے اور زیور پہنتے ہیں۔ وہ سوچتی تھی کہ انسان یا تو تلوار سے لڑتے ہوئے

مرتا ہے یا اُس کی دادی کی طرح بیمار ہو کر مرتا ہے ـــــ ہاں ایک بار اس کی خالہ کا دودھ پیتا بچہ اونچے ٹیلے سے گر کر مر گیا تھا۔ مگر ان تین باتوں کے علاوہ کوئی دریا میں کیسے مر سکتا ہے ـــــ وہ سارا کو پتہ ہی نہ تھا کہ مرنا کیا ہوتا ہے ـــــ اُس نے سوچا لاؤ اپنی سہیلیوں نجلہ اور لیلیٰ سے پوچھوں۔ مگر انہوں نے بھی کچھ نہ بتایا۔ سارا کبھی اپنے زیورات دیکھ کر خوش ہوتی اور کبھی اونچے لکڑی کے تخت پر چڑھ جاتی جو اس کے لئے اس کے دادا نے بنوایا تھا۔ وہ کبھی کبھی رو دیتی تھی کہ ہندا تو دریا سے واپس گھر نہیں آئی تھی۔ اور نعمان کا کیا ہوگا وہ جھولا کیسے جھولے گا۔ سارا کچھ خوش، کچھ حیران سب گھر والوں کو دیکھتی رہتی تھی۔ ایک صبح، اس کے دادا نے سب کے سامنے کہہ دیا کہ پرسوں سارا کو دلہن بنایا جائے گا۔

اگلے دن سارا کو دلہن بننا تھا۔ سارا رات بھر سوچتی رہی کہ دریا کیسا ہوگا اور میں اسکے اندر کیسے جاؤں گی ـــــ وہ رات جاگتی رہی اور اس کی صبح سویرے آنکھ لگ گئی۔ سو کر اٹھی تو دن چڑھ چکا تھا۔ اس کی ماں نے مصر کے رواج کے مطابق بہترین آٹے کی بڑی اور موٹی روٹی پکائی جس میں بادام کوٹ کر ملائے اور اوپر تل لگائے۔ سارا یہ موٹی روٹی اکثر دودھ کے ساتھ کھاتی تھی مگر آج بادام کے باریک ٹکڑے اسے حلق میں چبھتے لگ رہے تھے۔ کھانے کے بعد اس نے بلّی کے بچے کی طرف دیکھا تو اسے محسوس ہوا کہ وہ رو رہا ہے۔

اتنے میں باجا بجنے لگا۔ اور خاندان والے اور پاس پڑوس کے لوگ جمع ہو گئے۔ سارا کو بہت قیمتی کپڑے اور سونے کی مالا پہنائی گئی۔ اس کی بہن کلثوم نے اس کے بال بال موتی پروئے اور کاجل لگایا۔ جب سارا سج دھج کر ننھی سی دلہن بن گئی تو اُس کے ہاتھوں میں حنا اور خوشبو لگائی گئی۔ سب لوگ جمع ہو چکے تھے۔ سارا کو ایک اونچے اونٹ پر بٹھا کر جلوس کی شکل میں مذہبی پیشوا کے پاس لے گئے اس نے سارا کے سر پر ہاتھ رکھ کر دعا دی۔ پھر سب لوگ سارا کو لے کر دریائے نیل کے کنارے آئے۔

بچو ـــــــ دن ڈھل چکا تھا۔ شام ہونے کو آئی تھی۔ آسمان اور نیل کے پانی پر شفق کی لالی پھیل رہی تھی۔ سارا نے دریا کی طرف بڑھتے ہوئے، ایک بار مڑ کر اپنی ماں کی طرف دیکھا۔ اتنی دیر سے تو سارا حیران اور گم سم تھی مگر اب اس کی آنکھوں سے موٹے موٹے آنسو ٹپ ٹپ گرنے لگے۔ اُس وقت کو مصر کے باشندوں کی زبان میں "توڑ کا وقت" کہتے ہیں۔ اللہ جانے اس کا کیا مطلب ہے۔ غرض کہ ایک بزرگ نے آگے بڑھ کر سارا کو دریائے نیل کی لہروں میں دھکیل دیا۔

کہتے ہیں کہ اُس سمے، سارا نے بڑے دُکھ سے گڑگڑا کر اتنا کہا "اے سب سے بڑی طاقت، اے سب سے بڑی طاقت،

مجھے بچالے۔ مجھے بچالے۔ آج کے بعد کسی سارا کی سانس دریائے نیل میں بند نہ ہو۔ میری بات سن لے اے سب سے بڑی طاقت"۔ سارا کے ہاتھ تو اونٹ پر بٹھاتے وقت باندھ دیئے گئے تھے۔ غرض کہ وہ دریا کے پانی میں بہہ گئی۔ اُسی لمحے سورج ڈوب گیا اور ہلکا سا اندھیرا شروع ہوگیا۔ دوسرے دن خوب بارش ہوئی اور نیل لبا لب پانی سے بھر گیا۔

سنو تو دوستو ـــــــــ اب کیا ہوا!۔ اِس واقعہ کے کچھ عرصے بعد اسلامی فوجوں نے مصر پر قبضہ کر لیا۔ یہ دور حضرت عمر فاروق رضؓ کی حکومت کا وسیع اور شاندار دور تھا۔ اور آپؓ نے حضرت عمرو بن عاص کو مصر کا گورنر مقرر کیا۔ جب دریائے نیل کا پانی پھر کم ہونا شروع ہوا تو مصر کے لوگ گورنر کے پاس آئے۔ انہوں نے اپنے قدیم رواج یعنی نیل کی دلہن کا ذکر کیا اور اجازت چاہی کہ وہ اس رواج کو پورا کریں۔ گورنر مصر حضرت عمرو بن عاص نے جواب دیا کہ "یہ ظلم کی انتہا ہے۔ تم لوگ صبر کرو اور دیکھو خدا کیا کرتا ہے"۔
لوگ واپس تو چلے گئے مگر عام زندگی میں بے چینی اور بدامنی بڑھنے لگی۔ گورنر مصر نے ایک خط حضرت عمر فاروقؓ کو لکھا جس میں کل حالات بیان کیے اور درخواست کی کہ اس سلسلے میں کوئی حکم دیا جائے۔

جب گورنر مصر کا یہ خط حضرت عمر فاروق رضؓ کو ملا تو آپ رضؓ نے ایک خط دریائے نیل کے نام لکھا جس کا مضمون یہ تھا ــــ "یہ خط خدا کے بندے عمر بن خطاب رضؓ کی طرف سے مصر کے دریائے نیل کے نام ہے اے دریا اگر تو خُدا کے حکم سے بہتا ہے تو ہم خدا ہی سے تیرے جاری ہونے کا سوال کرتے ہیں۔ اور اگر تو اپنی مرضی سے بہتا ہے تو ہمیں تیری کوئی ضرورت نہیں ہے"۔

اس خط کے بعد حضرت عمر فاروق رضؓ نے ایک خط گورنر مصر کے نام لکھا کہ اس خط کو دریائے نیل کی ریت میں ڈال دیا جائے۔ گورنر نے ایسا ہی کیا۔

بچو ــــ کرنا خدا کا کیا ہوا ـــ! حضرت عمر فاروق رضؓ کا خط دریائے نیل کی ریت میں رکھنے کے تھوڑی دیر بعد دریا میں پانی چڑھ آیا۔ آس پاس کی ساری زمینیں جل تھل ہوگئیں۔ سارے درخت پھل پھول سے لدنے لگے اور چرند پرند پھر سے بسنے لگے۔ وہ دن ہے اور آج کا دن ہے کہ دریا کبھی خشک نہیں ہوا۔ ہر طرف خوشحالی آگئی اور لوگ امن وچین سے رہنے لگے۔

میرے پیارے دوستو ـــ ہمارا تمہارا اللہ بادشاہ اور بادشاہوں میں سب سے بڑا بادشاہ۔ ہر مشکل اور ہر دکھ میں کام آنے والا۔ بس تم صرف اتنا کرو کہ اس کا روز شکر ادا کرتے رہا کرو۔

اچھا تو اب لیٹ رہو۔ سونے کا وقت ہو چلا ہے
کہانی ختم ——— کل پھر سہی۔

انعام

چلو بچو ـــــ اندر چلو۔ آج شام سے بڑی سردی ہے۔ ٹھنڈی ٹھنڈی ہوا چل رہی ہے۔ میں کب سے تمہاری راہ تک رہی ہوں۔ کھانا ٹھنڈا ہو رہا ہے۔ پاس بیٹھو نا ـــــ اور سناؤ کہ کھیل کیسا رہا۔ کون جیتا کون ہارا۔ ہاں یہ جو گھٹنے چھل گئے ہیں، کہنیاں رگڑ گئیں ہیں۔ تو بولو دوا لگاؤں؟

ابھی ذرا دیر پہلے بابر میاں میری گود میں سر رکھے اور میری شال اوڑھے لیٹے تھے اور بار بار یہی کہتے تھے "وہی والا گانا۔ وہی والا گانا"

آخر ہم نے سنایا۔

آؤ بچو سیر کرائیں
تم کو دور دیس کی
انعام ملے اور خوشیاں بھی
سنو کہانی اور بنو دوست
ہنسو کھیلو، جگ جگ جیو
آؤ آؤ ـــ آؤ بچو۔

لوغتمان منے اسد کی انگلی پکڑے چلے آرہے ہیں: بچو میں تمہاری بات سمجھ گئی ہوں۔ آج تمہیں بڑے دور دیس کی اور بہت پرانے وقتوں کی کہانی سناتی ہوں۔

صدیوں پرانی بات ہے کہ بخارا کا شہنشاہ اپنی نیک دلی اور سخاوت میں شہرت رکھتا تھا۔ پندرھویں صدی عیسوی کے آخری زمانے میں، بخارا میں علم وادب کا چرچا گھر گھر تھا۔ وہاں رعیت خوشحال، زمینیں سرسبز اور سڑکوں اور گھروں میں روشنی ہی روشنی تھی۔ تقریباً سارے بچے مکتب و مدرسے میں پڑھنے جاتے تھے۔ اللہ اور رسولؐ کا نام ہر ایک کی زبان پر تھا۔ عالموں اور ہنرمندوں کی قدر ہوتی تھی۔ بیماروں اور معذوروں کا علاج ہوتا تھا، چرند پرند بھی خوش اور پھول پتے بھی لہلہاتے تھے۔ شہنشاہ خود تندرست اور خوش مزاج تھا۔ اور کھیل کود کے مقابلوں کی سرپرستی کرتا تھا۔ اس لئے سارے ملک میں نوجوان چاق وچوبند، صحت مند اور پھرتیلے تھے۔ عید تہوار اور بڑی تقریبوں میں عوام جوش وجذبے سے شامل ہوتے تھے۔ سب بادشاہ کی دل وجان سے عزت کرتے تھے۔ اور اس کی درازیِ عمر کی دعا کیا کرتے تھے۔

میرے دوستو۔ تم جانو کہ انسان کی صحت کے ساتھ ساتھ بیماری بھی لگی رہتی ہے اور ہر ایک کو ایک نہ ایک دن بوڑھا بھی ہونا ہے شہنشاہ کی عمر ستر پچھتر سال تھی۔ بس ایک دن کیا ہوا کہ جب

شہنشاہ شام کے وقت گھوڑے کی سواری سے واپس محل آیا تو اس کے سر میں شدید درد ہوا اور بخار آگیا۔ سارے ملک سے ماہر حکیم اور ملک کے باہر سے بھی نامور حکیم بلوائے گئے۔ بخار اور شدید درد کی بیماری کسی کی سمجھ میں نہ آتی تھی۔ نہ آئی۔ باوجود اعلیٰ خوراک اور ہر طرح کے آرام کے، شہنشاہ کمزور ہوتا چلا گیا۔

ایک صبح ایک خوبصورت نوجوان حکیم شہنشاہ کی خدمت میں حاضر ہوا۔ اس نے سن رکھا تھا کہ اب تک شہنشاہ کی اس عجیب بیماری کو کوئی سمجھ نہیں سکا ہے۔ اس نوجوان حکیم نے کہا۔

"جان کی امان پاؤں تو کچھ عرض کروں ______" اس نوجوان کی آنکھوں میں چیتے کی آنکھوں کی سی چمک اور تیزی تھی، کشادہ پیشانی، ستواں ناک اور آواز میں ٹھہراؤ تھا۔ معلوم نہیں کیوں شہنشاہ کو اس نوجوان حکیم کی شخصیت اچھی معلوم ہوئی۔

شہنشاہ نے اجازت دے دی کہ وہ ان کی ساری رپورٹوں اور دوائیوں کا مطالعہ کرے اور علاج شروع کرے۔ نوجوان حکیم نے شہنشاہ کا بڑے خلوص اور اپنی تمام تر عقل و لیاقت کے ساتھ اکیس ۲۱ دن تک علاج کیا۔ شہنشاہ کی بیماری جاتی رہی۔ انہوں نے پانچ ۵ دن مزید بستر پر آرام کیا اور پھر غسل صحت کیا۔ پورے بخارا میں، عوام نے نماز شکرانہ ادا کی۔ اس نماز کے بعد ایک شاہی معیار کی تقریب ہوئی جس میں پہلے

خیرات و صدقے تقسیم ہوئے اور پھر وزیروں، مشیروں اور شہر کے دیگر معزز لوگوں کے لیے دربار لگایا گیا۔

اس شاہی تقریب میں اور دربار میں، اس نوجوان حکیم کو بھی مدعو کیا گیا جس نے شہنشاہ کا علاج کیا تھا۔ اس نوجوان کو انعام دینے کا معاملہ زیر غور آیا۔ شہنشاہ نے معلوم کیا کہ

"اے لائق حکیم ـــــ تو اپنی خدمت کے سلسلے میں ہم سے عہدہ و مرتبہ چاہتا ہے؛ زمین یا محل کا طلب گار ہے، یا تجارت کے لیے دولت چاہتا ہے ـــــ" نوجوان حکیم بالکل چپ رہا۔ وزیروں کو گمان گزرا کہ وہ ادب کی وجہ سے چپ ہے یا مگر شاید وہ ہیرے یاقوت لینا چاہتا ہو۔ پوچھنے پر بھی نوجوان حکیم خاموش رہا۔ کچھ مشیروں نے شہنشاہ کے حکم پر یہ بھی معلوم کیا کہ وہ شاید تاحیات محل میں رہائش چاہتا ہو، کوئی شاہی سند یا مخصوص تمغے کی تمنا رکھتا ہو۔ یا اپنے خاندان کی کفالت کی آرزو رکھتا ہو۔ لیکن ان سب باتوں کو سن کر بھی وہ نوجوان حکیم آنکھیں نیچی کیے چپ کھڑا رہا۔ اس کی اس بے نیازی پر شہنشاہ، سارے درباری، وزراء، امراء اور ذاتی ملازمین بڑے حیران تھے۔

شہنشاہ نے نوجوان حکیم پر ذرا زیادہ توجہ دی اور کچھ نہ کچھ انعام لینے پر بار بار اصرار کیا۔ تب وہ نوجوان حکیم بولا "ـــــ عالی جاہ مجھے

ہمیشہ کے لئے شاہی کتب خانے میں کتابیں پڑھنے کی اجازت دے دی جائے۔ اس انعام کے علاوہ مجھے اور کچھ نہیں چاہیئے۔" اس اجازت کے ملنے کے بعد، نوجوان حکیم ہمیشہ شاہی کتب خانے سے کتابیں پڑھتا رہتا تھا۔ برسہا برس گزر گئے اور وہ مسلسل علم کا انعام حاصل کرتا رہا۔

میرے پیارے بچو ـــــــ جب سے یہ دنیا بنی ہے لوگ ہر طرح کے مقابلوں میں نمایاں کامیابی حاصل کرتے رہے ہیں اور بہت سوں نے بڑے بڑے کام کر کے حکمرانوں کی نگاہ میں عزت پائی مگر ایسے انسان بہت کم ہی ہیں جو اپنے انعام کو آنے والے انسانوں کے لیے بھی انعام بنا دیں۔ بھلا سوچو تو یہ نوجوان حکیم کون تھا۔؟ یہ بوعلی سینا تھے۔

بوعلی سینا کا پورا نام علی الحسین ابن عبداللہ ابن سینا تھا آپ کے بزرگ بلخ کے رہنے والے تھے۔ بوعلی سینا بخارا میں پیدا ہوئے اور وہیں پلے بڑھے۔ آپ نے بڑی خوش دلی کے ساتھ دس سال کی عمر میں قرآن پاک ختم کیا اور چند دیگر کتابوں پر بھی عبور حاصل کیا۔ وہ بچپن میں بڑے ذہین اور پھرتیلے تھے۔ وہ کھانا مقدار میں کم کھاتے تھے۔ لیکن اچھی صحت مند چیزیں کھاتے تھے اور تھوڑے تھوڑے وقفے کے بعد کھاتے تھے۔ وہ بڑوں کا ادب کرتے اور کہنا مانتے تھے۔ وہ روز رات کو اللہ کا شکر ادا کر کے سوتے تھے۔ وہ اپنے دوستوں سے کہا کرتے تھے " اگر میں اللہ کا روز شکر ادا نہیں

کروں گا تو زندہ کیسے رہوں گا؟" بوعلی سینا کے بچپن کے ایک استاد نے آپ کے بارے میں یہ کہا تھا" ــــــ میرا شاگرد ہمارا کا انعام ہے" یا میرے بچو ــــــ یہ وہ زمانہ تھا جب لوگ صرف ایک مضمون میں الگ سے مہارت حاصل نہیں کرتے تھے جیسے آجکل کرتے ہیں اس لیے بوعلی سینا نے سولہ سال کی عمر سے ہی مذہبی تعلیم، فلسفہ، ریاضیات (حساب)، منطق اور طب کی تعلیم میں مہارت حاصل کرنا شروع کر دی تھی۔ جوں جوں ان کی عمر بڑھتی گئی وہ شاہی کتب خانے سے اپنا علم بڑھاتے رہے۔ بچو ــــــ یاد رکھنے کی بات یہ ہے کہ بوعلی سینا بڑے نیک اور خاموش طبع تھے۔ وہ سب سے انکساری سے ملتے تھے۔ اور علم کے نامور استاد بن جانے کے بعد بھی کہا کرتے تھے"

علم تو کائنات پر چھایا ہوا سمندر ہے اور ابھی تو میرے ہاتھ بھی گیلے نہیں ہوئے ــــــ" وہ ساری ساری رات سائنسی تحقیق میں مصروف رہتے اور اسی سلسلے میں دور دراز کے سفر بھی کئے۔ حیرت کی بات یہ ہے کہ بوعلی سینا نے کبھی باقاعدہ طور پر کسی کی شاگردی اختیار نہیں کی بلکہ خود ساری کتابوں کا گہرا مطالعہ کرتے رہے۔ انھیں سب سے زیادہ لگاؤ طب سے تھا۔ ان کی کتابیں "القانون فی الطب" اور "کتاب الشفاء" ہر زمانے اور ہر ملک میں شہرت رکھتی ہیں۔

ہزاروں سال قبل، بوعلی سینا کی کتابوں کے ترجمے لاطینی زبان

میں ہوئے۔ خاص کر یہ دونوں کتابیں طب کی دنیا میں انقلاب لے آئیں اور یہ موجودہ طب کی بھی بنیادی کتابیں کہلاتی ہیں۔ آپ نے اکیس ۲۱ سال کی عمر سے لکھنا شروع کیا تھا اور آخری سانس آنے تک لکھتے رہے۔

بوعلی سینا کی کتاب ''القانون فی الطب'' اٹھارویں صدی عیسوی تک تمام یورپ کی میڈیکل یونیورسٹیوں میں کورس میں پڑھائی جاتی رہی۔ انہوں نے طب، سرجری، فلکیات اور مختلف دوائیوں اور ایجادوں پر مستند کتابیں لکھیں۔ بوعلی سینا کا سائنسی معلومات اور فلسفے کی کتابوں کا دنیا کی زیادہ تر عظیم زبانوں میں ترجمہ موجود ہے مثلاً لاطینی، انگریزی، فارسی جرمن، فرانسیسی، چینی، بنگالی، سنسکرت اور اردو میں ترجمے موجود ہیں۔

دیکھو ہمیشہ چراغ سے چراغ جلتا ہے۔ وہ دور جسے ہم پندرھویں اور سولہویں صدی کے نام سے یاد کرتے ہیں، مسلمانوں کا علم اور تہذیب و تمدن عروج پر تھا۔ اہل مغرب نے مسلمان فلسفیوں، طبیبوں، عالموں، اور سائنس دانوں سے بہت کچھ سیکھا۔ ان کی کتابیں پہلے لاطینی اور پھر انگریزی میں ترجمہ کر کے پھیلائیں ـــــــ مسلمانوں کی لکھی شاہکار کتابیں صدیوں تک یورپ کی درسگاہوں میں پڑھائی جاتی رہیں۔ ان ممتاز اور نامور ہستیوں میں بوعلی سینا کا نام سرفہرست ہے۔ سچ ہے کہ بوعلی سینا نے نہ صرف خود انعام لیا بلکہ ان کا علم ہم سب کے لئے ہمیشہ انعام رہے گا۔

اللہ جی تم سچ مُچ پیارے ہو

میرے بچو میرے پیارے دوستو ـــــ آج جو کہانی تمہیں سنا رہی ہوں وہ میں نے کبھی کسی کو نہیں سنائی ہے۔ یہ کہانی بڑی عجیب بھی ہے اور خوبصورت بھی۔ مگر ٹھہرو ـــــ ذرا دیکھو تو یہ کہانی میں تمہیں کہاں سے سنا رہی ہوں۔

میں ابھی ہُنزا سے اپنی ایک دوست کے ساتھ روانہ ہوئی ہوں۔ یوں تو نادرن ایریاز میں پہاڑوں کی شاندار چوٹیاں، حسین وادیاں اور گلیشئرز موجود ہیں اور لہراتے دریا اور جھومتے چشمے بھی نظر آتے ہیں مگر ہنزا اور نگر کی ریاستوں کا کیا کہنا۔ ایسا لگتا ہے کہ سارا علاقہ ایک جادو کی نگری ہے۔ زمین و آسمان خوبصورت درخت و سبزہ اور چرند و پرند خوبصورت اور سب سے بڑھ کر یہ کہ یہاں کے بسنے والے انسان بھی دلکش شکل و صورت کے مالک ہیں۔ یہ لوگ اپنے رہنے سہنے میں سادہ، بات چیت میں میٹھے اور دوستی رکھنے والے انسان ہیں۔

ہاں تو بچو ـــــ جب میں ہنزا سے نگر کی طرف ہیلی کاپٹر میں سفر کر رہی تھی تو ہلکی ہلکی بوندا باندی ہو رہی تھی۔ بوندوں کی رم جھم سے

اس سرسبز زمین پر اور بھی نکھار آگیا تھا۔ ہیلی کاپٹر پہاڑ کے ساتھ ساتھ گزرتا تھا تو لگتا تھا کہ اس کا پَر کہیں پہاڑ کو نہ چھولے۔ ایئرفورس کے پائلٹ نیچے نیچے اُڑ رہے تھے تاکہ ہم ہر چیز کو بخوبی دیکھ سکیں۔

آج میں نے جو کچھ دیکھا اور جس بات کا مجھے احساس ہوا سب کچھ سُنا رہی ہوں۔ میں ہمیشہ بچوں کی طرح ہر نئی چیز کو حیرت سے دیکھتی ہوں اور جی ہی جی میں سوچتی رہتی ہوں۔ بچو یہ تو بتایا ہی نہیں کہ ہنزا سطح زمین سے ساڑھے تین ہزار فٹ بلند ہے اور نگر جس طرف ہم پرواز کر رہے ہیں، ہنزا سے آٹھ ہزار فٹ مزید اونچا ہے۔

جب آدھا راستہ طے ہو گیا تو میں نے دیکھا کہ نیچے صاف وشفاف اور نیلا ہنزا دریا بہہ رہا ہے۔ پرانے زمانے میں ہنزا کو "اے ہن دیس" یعنی برفوں کا ملک کہا جاتا تھا اور ہندو اسے "ہما دیس" یعنی پہاڑوں کا وطن کہتے تھے۔ آج بھی یہاں گھروں کی چھتوں پر منوں مَن خوبانی سوکھتی ہے اور راستوں پر شہتوت کے ڈھیر لگے ہوتے ہیں۔ ہنزا دریا کے بعد ہمارا ہیلی کاپٹر راما لیک پر سے گزرنے لگا۔

راما لیک کے دونوں کناروں پر نہایت خوشبودار زیرے کی ان گنت جھاڑیاں ہیں۔ ہماری ٹوکری میں گلگت کے سرخ مہکتے ہوئے سیب موجود تھے مگر زیرے کی خوشبو ان سے کہیں زیادہ تیز تھی۔ راما لیک صدیوں پہلے خاصی چوڑی جھیل تھی مگر برف کے طوفانوں اور پتھروں کے گرنے سے اس

کے پاٹ کم چوڑے رہ گئے۔

بچو ـــــ تم نے سُنا ہوگا کہ خنجراب بارڈر پاک چین دوستی کی زندہ مثال ہے۔ خنجراب کے بعد اور ہنزا سے پہلے ہم نے راکاپوشی کی چوٹی دیکھی تھی۔ یہ بلندی میں دنیا کی ساری چوٹیوں میں آٹھویں نمبر پر ہے اور حسن میں اپنا جواب نہیں رکھتی۔ خنجراب میں تو چلنے پھرنے میں اور سانس لینے میں دقّت ہوتی تھی۔ پوچھنے پر ہمیں بتایا گیا کہ اتنی بلندی پر آکسیجن کم ہے۔ میں نے دیکھا کہ "علی آباد" کی آبادی کے عین اوپر ایک نمایاں چوٹی ہے۔ پائلٹ نے اس کا نام "لیڈی فنگر" بتایا جو انگریزوں نے رکھا تھا مگر اس چوٹی کا اصل اور پُرانا نام ہنزا کا افسانوی ہیرو "ببلی" ہے۔ مگر یہ کیا۔؟ اتنی دیر سے کوئی عورت نظر نہیں آئی ہے البتہ "غیلو" قبیلے کے قریب کچھ عورتیں سیاہ گھیردار کپڑے پہنے بکریاں چراتی نظر آئی ہیں۔

ہم نے آج اپنی پرواز کے دوران "استور" اور "چیلاس" کے درمیان مشہور نانگا پربت کی چوٹی دیکھی۔ اونچائی میں صرف کے۔ ٹو اس سے زیادہ ہے۔ اسے مقامی زبان میں "دیامیر" یعنی پریوں کا دیس کہتے ہیں۔ بڑے بوڑھے اب بھی اپنے بچوں کو کہانیوں میں یہی سناتے ہیں کہ نانگا پربت پر پریاں رہتی ہیں۔ ہم نے چند بچے کھیلتے دیکھے تھے جن کی سرخ و سفید رنگت اور نیلی آنکھیں تھیں۔ وہ واقعی پریوں جیسے تھے۔ اُف خدایا ـــــ اب تو ہر طرف برفیلے پہاڑ ہیں۔ پہاڑوں کی

ڈھلان پر گلیشیئر پھیلے ہیں۔ برف کے تودے مٹی وریت اور پتھر و کنکر سے مل ملا کر سخت برف بڑی سِل میں تبدیل ہو کر گلیشیئر بن جاتے ہیں۔ اس سِل کے نیچے پانی کہیں مدھم اور کہیں تیز بہ رہا ہے۔ اس برفیلے پانی نے سخت پہاڑوں کا سینہ چیر کر راستے بنائے اور نیچے بہنا شروع کر دیا خدا کی قسم یوں تو پانی بڑا نرم نرم اور ہلکا پھلکا ہوتا ہے مگر اس کی ہمت اور محنت کی داد دینی پڑتی ہے۔ وہ اپنا کام مسلسل کئے جاتا ہے اور امید نہیں چھوڑتا۔ جب ہی تو پتھروں میں بھی اپنی سڑک خود بنالیتا ہے

ہمیں کریم آباد میں امیر ہنزا کے محل میں کچھ دیر ٹھہرنا تھا۔۔۔۔ ہم ہیلی کاپٹر سے اتر کر جیپ میں بیٹھ گئے۔ ہم راستے میں کچھ تو خود دیکھتے چلے اور کچھ باتیں ڈرائیور سے معلوم کرتے رہے۔ یہ تاریخی حقیقت ہے کہ ۱۹۴۸ء میں شمالی علاقہ جات کے عوام نے جہادِ آزادی میں اپنا علاقہ آزاد کر کے پاکستان کے ساتھ الحاق کیا تھا۔۔۔۔۔۔ عجیب بات ہے کہ آج کل ہم انسانوں کی دوستی اور آزادی کی تو ہر وقت بات کرتے رہتے ہیں مگر پیارے جانوروں اور پرندوں کا ذکر کوئی نہیں کرتا۔ میرا تو بڑا جی دکھتا ہے کہ ہمارا شاہانہ مارخور، تلوار جیسے سینگوں والا کیل، بھولی بھالی مارکو پولو بھیڑ، برفانی چیتا اور حسین مرغِ زریں ہمارے پہاڑوں اور وادیوں میں بسے رہنے کے بجائے مرتے چلے جا رہے ہیں۔ ساری دنیا سے لوگ انہیں دیکھنے آتے ہیں۔ چاہے کچھ بھی ہو، ہمیں

اپنے جنگلی جانوروں اور پرندوں کی حفاظت کرنا ہے۔ اللہ کی پیاری مخلوق سے پیار کرنا اور آباد رکھنا، اللہ کو خوش رکھنا ہے۔

بچو اب ذرا تھوڑی سی دلچسپ باتیں سنو۔

برفانی چیتا (SNOW LEOPARD) نو ہزار سے اٹھارہ ہزار فٹ بلندی پر برف پوش چٹانوں میں ملتا ہے۔ ایک بار "اسکردو" میں ایک مادہ چیتا پکڑی گئی تھی اور لاہور چڑیا گھر پہنچائی گئی مگر اسے مسلسل ایئر کنڈیشنڈ کمرے میں رکھنا پڑا ورنہ وہ گرمی سے مر جاتی۔ اسی علاقہ میں بھیڑیا (WOLF) کثرت سے پایا جاتا ہے۔ بھیڑیا اپنے خاندان اور برادری کو اچھی طرح قائم رکھتا ہے۔ مادہ بھیڑیا اچھا کھانا اور شکار اپنے بچوں اور قریب رہنے والے بچوں میں بانٹتی ہے۔ یہ اپنے غول میں ایک لیڈر بنا لیتے ہیں جس کا سب حکم مانتے ہیں۔

مارکوپولو بھیڑ (SHEEP) یا وحشی ایسا نایاب جانور ہے کہ دنیا بھر میں صرف پاکستان، چین اور کابل میں پایا جاتا ہے۔ کہتے ہیں کہ مشہور سیاح مارکوپولو نے ۱۲۸۸ء میں پہلی بار ایشیا کی سیاحت کے دوران اس کی نشاندہی کی تھی۔ اس زمانے میں وہ قبلائی خان کے دورِ حکومت میں قراقرم سے ہو کر چین گیا تھا۔ مارکوپولو بھیڑ کھلی میدانی چراگاہوں میں رہنا پسند کرتی ہے۔ ہاں بھئی بچو تم نے مارخور کا ذکر ضرور سنا ہو گا

مارخور فارسی زبان کا لفظ ہے جس کے معنی ہیں سانپ کھانے والا۔ کہا جاتا ہے کہ مارخور سانپ کھاتا ہے اور اس کی جگالی سے جو جھاگ نکلتی ہے اس کا تریاق بنتا ہے۔ یعنی سانپ کے کاٹے کے لئے دوا بنتی ہے۔ مارخور سردیوں بھر بالوں اور پشم سے لدا رہتا ہے اور گرمیوں میں بال جھڑ جاتے ہیں۔ برفانی چیتیا اس کا دشمن ہے اور ہر وقت گھات لگائے رہتا ہے۔ مارخور کا دوست تو بس ایک ہے وہ کیل (IBEX) ہے۔ کیل غیر معمولی پھرتیلا ہے اور ہمارے دیکھتے دیکھتے ہی پہاڑ پر چڑھ کر غائب ہو گیا۔

جہاں تک مرغ زریں کا تعلق ہے تو فطرت کا حسین شاہکار ہے۔ اس کے سر پر چمکدار رنگین پروں کا تاج ہوتا ہے اور جسم پر نیلے پیلے اور بنفشئی رنگ کے پر ہوتے ہیں۔ یہ رات کو درختوں پر پناہ لیتا ہے مگر گھونسلا زمین پر چٹانوں کی آڑ میں بناتا ہے۔ یہ اتنا حساس تیز اور ہوشیار ہوتا ہے کہ شکاری اس کا شکار بڑی دور سے کرتے ہیں۔ لو ابھی ایک رام چکور سامنے برفانی چوٹی پر سے اُڑ کر گیا۔ لوگ اُسے پھندوں کے ذریعے پکڑ لیتے ہیں۔ رام چکور کی اڑان بہت اونچی ہوتی ہے۔ بہت سے لوگ جنگل کے پکڑے رام چکور کو گھر کے پنجرے میں پال لیتے ہیں۔ بڑے تعجب کی بات ہے کہ آج تک گھریلو طور سے پالے ہوئے رام چکور نے انڈے نہیں دیے۔ دوسرا عام چکور

جو ہر جگہ نظر آرہا ہے، زمینی پرندہ ہے۔ وہ عموماً جھنڈ میں رہتا ہے۔ سارے دوست ایک ساتھ اُڑتے اور گھومتے پھرتے ہیں۔

لو بھئی بچو ــــــ ہم بھی پہاڑی علاقوں سے سفر کرتے کرتے کہاں سے کہاں آگئے۔ ہم سب نے محل میں آکر چائے پی اور اب میں مغرب کے وقت لان میں اکیلی بیٹھی ہوں۔

اچھا دوستو ــــــ غور سے ایک بات سنو۔

میں اپنے اللہ جی سے اس وقت یہ کہہ رہی ہوں کہ جب میں چھوٹی سی لڑکی تھی، تب بھی تم بہت اچھے تھے۔ مجھے لگتا تھا کہ تم بچوں، پرندوں اور پھول پتوں سے پیار کرتے تھے۔ میں اس وقت بھی تمہیں ہر روز تھینک یو THANK YOU کہا کرتی تھی۔ تمہارا خیال میرے دل میں صرف یہی تھا کہ کوئی ہے جو میری اماں اور ابا کی طرح پیار کرنے والا ہے اور وہ میرا دوست ہے۔ میرے اسی دوست نے مجھے گھر، اسکول، کھلونے، کتابیں، پالتو جانور و پرندے اور جھولے دیئے ہیں۔ آخر اماں اور ابا اتنی چیزیں تو نہیں بنا سکتے تھے۔ اچھا مان لیا کہ بنا بھی لیتے تو بھلا ان دونوں کو آخر کس نے بنایا تھا؟۔ پیارے بچو۔ جیسے تمہیں میری اس دوست والی بات پر ہنسی آرہی ہے، اسی طرح میرے بڑے بھی اس بات پر مسکرا دیا کرتے تھے بس تو میں جیسے جیسے بڑی ہوتی گئی یہ خیال اور بھی پکا ہوتا گیا۔ بے شمار دن گزرے اور بے شمار راتیں مگر یہ یقین میرے ساتھ سفر کرتا رہا۔ ــ

سیدھی سی بات ہے کہ اگر یہ دنیا خوبصورت ہے اور اسے دیکھ کر ہمارا دل خوش ہوتا ہے تو اس کا بنانے والا بھی خوبصورت ہوگا۔ ذرا "نگر" کی ہری بھری وادی اور کھلے ہوئے خوشبودار پھولوں کو دیکھو۔ سجیلے اونچے پہاڑ ساتھ ساتھ کھڑے ہیں۔ کبھی ہو سکے تو چاندنی رات میں "نانگا پربت" پر پڑی سفید پاک وصاف برف پر نظر ڈالو — یہ زمین و آسمان اور فضا اتنی دلکش ہے تو اسے تخلیق کرنے والا بھلا کیسے پیارا نہ ہوگا۔

بھئی اتنی سی بات سمجھنے کی کوشش کرو کہ ہر انسان وہی کچھ بناتا اور پیش کرتا ہے۔ جو وہ خود ہوتا ہے۔ ایک مایوس آرٹسٹ اکثر غمگین تصویر بناتا ہے۔ تم اپنے دوست عموماً وہی بناتے ہو۔ جو تم جیسے یا تم سے ملتے جلتے ہوں۔ کہانی کا عام طور سے وہ کردار تمہیں زیادہ اچھا لگتا ہے جس کی عادتیں تم سے قریب ہوں۔ اکثر لوگوں کو وہی رنگ پسند آتے ہیں جو اُن کے مزاج کی طرح ہوتے ہیں۔ سچ بات یہ ہے کہ آدمی اپنی طرح کی یا کچھ ردوبدل کے ساتھ چیز بناتا ہے۔ چاہے پڑھنے لکھنے کا عمل ہو چاہے کھیل کود کا میدان ہو اور چاہے فن و ہنر کے سلسلے ہوں، انسان کی اصل چھاپ سب پر لگی ہوتی ہے۔ اس رنگارنگ اور حسین کائنات کا خالق بھی یقیناً حسین ہے۔

یقین مانو کہ اللہ بچوں سے ماں سے زیادہ پیار کرتا ہے اور جو ہستی

سب کے لئے اتنی زیادہ محبت اور اتنا ڈھیر سارا پیار رکھتی ہو وہ خود پیاری کیسی نہ ہوگی۔ محبت اور خوبصورتی تو جڑواں بچوں کی طرح ہیں اور یہ دونوں اللہ جی کے پاس ہیں۔

بچو۔۔۔۔۔۔۔ ذرا سوچو تو اللہ نے یہ کائنات بنائی، دنیا بسائی اور سارے انسان پیدا کئے پھر انہیں دوستی اور ہمدردی کے رشتے میں جوڑ دیا۔ یوں لگتا ہے کہ اللہ جی کے اندر اور باہر اور آس پاس بس پیار ہی پیار ہوگا۔ کیسی ہوگی اس کی خوبصورتی، کچھ بتا نہیں سکتی۔

یقین کرو میرے دوستو۔ اللہ جی بہت ہی اچھے اور سب سے اچھے ہیں۔ میرا دل کہتا ہے اللہ جی تم سچ مچ پیارے ہو۔

○

چراغ

میرے بچو۔ آج کی رات بڑی پیاری ہے۔ گھر کے صحن میں تین چار پلنگ پاس پاس لگے ہیں۔ ساری شام بارش ہوتی رہی مگر اس وقت ٹھنڈی ٹھنڈی ہوا کے جھونکے ہیں اور خوبصورت چاندنی ہے۔ آج ۶ ستمبر ہے اور تم سارا دن پریڈ اور کئی طرح کی تقریبوں میں مصروف رہے ہم نے رات کے کھانے کے وقت دو چار بار بلایا اور کچھ کام کرنے کو کہا تو تم سب تھکے ہوئے تھے لہٰذا ٹال گئے۔ آج کسی نے ٹی وی بھی نہ دیکھا۔ اب جو منّے اسد نے کہانی کی فرمائش اپنی دادو سے کی ہے تو دیکھا سب کے سب اٹھ بیٹھے اور ہمارے آس پاس جمع ہوگئے

میرے پیارے، میرے ننھے منّے دوستو۔ تم نے

بہت سوں سے کہانیاں سنی ہوں گی مگر میں جو کہانی آج سنانے والی ہوں وہ بھلانے والی کہانی نہیں ہے۔ سوچو تو کہ سچی کہانیوں کو اور چراغوں کو کوئی کیسے بھلا سکتا ہے، کوئی کیسے دھندلا سکتا ہے۔ ہاں تو اس وقت تاروں بھری رات میں، میں تمھیں بڑی پیاری اور سچی کہانی سناتی ہوں جسے میرے بچو۔ ہمیشہ یاد رکھنا۔

یوں تو ۶ ستمبر ۱۹۶۵ئ کی یاد میرے دل میں ایسی لبی رہتی ہے جیسے ہر طرف چراغ ہی چراغ جلا کرتے ہوں۔ مگر ہر سال جب یہ دن آتا ہے تو ان چراغوں کا اجالا بہت زیادہ بڑھ جاتا ہے اور ہر طرف پھیل کر میری ہی نہیں، ہر انسان کی آنکھ کو نور سے بھر دیتا ہے۔

پیارے بچو۔ جہاد کے معنی بے حد کوشش اور جدوجہد کرنے کے ہیں۔ ویسے تو بری باتوں اور عادتوں کو مٹانا اور اچھے اخلاق اور علم کو پھیلانا بھی جہاد ہے مگر عام طور سے جہاد کا لفظ اس جنگ کے لیے استعمال ہوتا ہے جو خدا کی راہ میں، جان و مال کی بازی لگا کر کی جائے۔ جو جنگ ذاتی فائدے، دولت، زمین کی

لالچ، دشمنی، انتقام اور بے جا اقتدار کے لیے کی جاتی ہے، جہاد نہیں کہلائی جا سکتی ہے۔

بے شک ہمارا دین اسلام سچا اور ہمیشہ قائم رہنے والا ہے۔ ہمارے پیغمبر محمد مصطفیٰ صلی اللہ علیہ وسلّم نے ہمیشہ ہمیں میل جول اور دوستی کا درس دیا اور مجموعی لحاظ سے امن وسلامتی کو فضیلت دی۔ مگر ہمیں یہ بات بھی اچھی طرح یاد کر لینی چاہیے کہ اسلام ہمیں خودداری اور عزت کی زندگی بسر کرنے کا سبق دیتا ہے۔ ہر مسلمان خدا کے حضور سر کو ضرور جھکائے مگر کسی کی غلامی یا توہین قبول نہ کرے۔ گری پڑی زندگی، یا غیروں سے مسلسل دب کر رہنا مسلمانوں کا شیوہ نہیں ہے۔ اس لیے جب دشمن لڑنے اور تباہی پر آمادہ ہو جائے تو اس کا جواب پوری سختی سے اور بروقت دینا چاہیے۔

میرے بچو۔ تمہارے بڑوں نے تمہیں یقیناً اپنے شاندار ماضی کے غازیوں اور شہیدوں کا حال سنایا ہوگا عظیم مجاہدوں مثلاً حضرت حمزہؓ، حضرت علیؓ، خالد بن ولیدؓ، طارق بن زیاد اور محمد بن قاسم کے ناموں سے تمہارے کان

آشنا ہوں گے۔ غزوۂ بدر اسلامی تاریخ کا ایک روشن اور عظیم واقعہ ہے۔ اللہ کہتا ہے۔ ”اللہ کی راہ میں اس کے نام کے ساتھ لڑو جو تمہارے خلاف جنگ کرتے ہیں“۔ اسی طرح قرآن مجید میں ایک جگہ لکھا ہے۔ ”اللہ ان لوگوں کو بہت چاہتا ہے جو اس کی راہ میں فولاد کی طرح متحد ہو کر جہاد کرتے ہیں“ ہمارا دین اسلام ہمیں اتحاد کا سبق دیتا ہے اور ہمت و بہادری سے جینا سکھاتا ہے۔ جو لوگ جہاد میں بزدلی سے گھبرا کر بھاگ جائیں، ان کے لیے اللہ تعالیٰ فرماتا ہے ”اُن پر غضب نازل ہوگا اور ان کا مقام دوزخ ہوگا جو حد درجہ دردناک ہے“ تم شاید جانتے ہوگے کہ جہاد میں جیتنے والے افراد ”مجاہد اور غازی“ کہلاتے ہیں اور جہاد کی حالت میں موت ”شہادت“ کہلاتی ہے۔ جب رسول کریم صلی اللہ علیہ وسلم سے صحابہ کرامؓ نے پوچھا کہ تمام کاموں میں سب سے بہترین عمل کون سا ہے تو آپ صلی اللہ علیہ وسلم نے فرمایا ”اللہ پر مکمل ایمان لانا اور اس کی راہ میں (جہاد) لڑنا۔“ قرآن پاک میں شہیدوں کو

کو مُردہ کہنے سے روکا گیا ہے اور اُن کے لیے زندہ کا لفظ استعمال کیا گیا ہے۔

میرے دوستو۔ میرے بچو۔ تم جانتے ہو کہ ہم سب پاکستانی اسلام کے مضبوط رشتے میں بندھے ہیں پاکستان قوم اللہ کے نام سے زندہ و تابندہ رہنے کے لیے وجود میں آئی ہے۔ ہمیں یہ فخر حاصل ہے کہ اس کی مسلح افواج نے ہر دور میں ایسے دلیر اور جری سپاہیوں کو جنم دیا ہے جنہوں نے زمین، سمندر اور آسمان میں دشمنوں کا ڈٹ کر مقابلہ کیا ہے: جہاد میں شامل ہونے والے سب لوگوں کو بلند مرتبہ حاصل ہوتا ہے چاہے وہ کمانڈر اِن چیف ہو، کسی پلٹن کا سپاہی ہو، ڈرائیور ہو، قاصد ہو، یا مستری ہو۔ جہاد ایک ٹیم ورک یا اجتماعی عمل ہے۔ ہر ایک کے فرائض کا معیار الگ ہے اور ہر ایک جنگ میں مختلف صورتِ حال سے دو چار ہوتا ہے۔ البتہ سب کے لیے دلیری، مستقل مزاجی اور حب الوطنی کی خوبیاں ہونا لازمی ہیں۔ پاکستانی قوم افواجِ پاکستان کی نامور اور ممتاز ہستیوں کو اعزازات یعنی ایوارڈز پیش کرتی ہے۔

۶ ستمبر ۱۹۶۵ء کی جنگ میں سب سے بڑا اعزاز "نشانِ حیدر" ہے جو سول، فوج اور پولیس کے تمام ایوارڈز پر افضل اور بڑا ہے۔ یہ اعزاز برطانیہ کی حکومت کے وکٹوریہ کراس کے برابر ہے۔

"نشان حیدر" کے اعزاز کا نام حضرت علی رضی اللہ عنہ کے اسمِ گرامی پر رکھا گیا ہے۔ رسول کریم صلی اللہ علیہ وسلم نے حضرت علی رضی اللہ عنہ کو اپنے دستِ مبارک سے عَلم اور تلوار عطا کی تھی۔ یہ نشانِ حیدر ایک پانچ کونی ستارہ ہے جو گَن میٹل سے تیار کیا جاتا ہے، جس پر سفید انیمل اور کوپر نِکل دھات سے چاند ستارہ کا ڈیزائن بنا ہوتا ہے۔ اس ڈیزائن کے اوپر کے حصّے پر "نشانِ حیدر" کے الفاظ کندہ ہوتے ہیں۔ "نشان حیدر" کا ربن ڈیڑھ انچ چوڑا اور سبز ریشم کا ہوتا ہے اس نشان کے پانے والے کو پچاس ہزار روپے یا ۱۷۵ ایکڑ نہری زمین دی جاتی ہے۔ اب تک "نشانِ حیدر" کا عظیم اعزاز مسلح افواج کے آٹھ جاں نثاروں کو دیا جا چکا ہے۔ جن میں سات کا تعلق فوج Army اور ایک کا فضائیہ Air force سے ہے۔ یہ آٹھوں اعزاز شہادت کے بعد

دیئے گیے ہیں۔

فوج کے سات "نشانِ حیدر" میں سے پانچ آفسر ہیں اور دوؔ سپاہی ہیں۔ اِن دلیر شہیدوں کے نام یہ ہیں۔

میجر عزیز بھٹی، میجر محمد طفیل، میجر شبیر شریف کیپٹن محمد سرور، پائلٹ افسر راشد منہاس۔ میجر محمد اکرم لانس نائیک محمد محفوظ اور سوار محمد حسین۔

ہاں تو میرے بچو ــــــ اِن آٹھوں ہیروز کی کہانی سنانے سے پہلے، اپنے قائد محمد علی جناحؒ کی بڑی اہم بات یاد آگئی ہے، تم بھی سن لو۔ قیام پاکستان کے وقت، ہمارے قائد محمد علی جناحؒ کو بے حد احساس تھا کہ ہمارے ملک کے پاس طاقت ور اور تربیت یافتہ فوج، بحریہ اور فضائیہ ہونا چاہیے پاکستان کے وجود میں آتے ہی۔ محمد علی جناحؒ شدید بیمار ہوئے اور بیماری کے دوران زیارت گئے انہوں نے اپنی زندگی کے آخری ایام وہیں گزارے۔ ان کا مرض جان لیوا تھا۔ جب قائدِ اعظمؒ کی کار ریزیڈنسی کے قریب پہنچی تو فوجیوں نے سلامی پیش کی۔

آپ کے ہمراہ ڈاکٹر تھے جو آپ کے مہلک مرض اور صحت کی انتہائی کمزور حالت کو جانتے تھے۔ ڈاکٹر نے مشورہ دیا کہ آپ کار میں بیٹھے بیٹھے سلامی لے لیں۔ آپ نے بڑے جذبے کے ساتھ جواب دیا "میں ہمیشہ کھڑے ہوکر پاکستانی فوج کے سپاہی کو سلامی دوں گا" ہمارے قائد نے سپاہی کے ادب و احترام کی جس طرح سے تلقین کی ہے اس کی مثال ملنا مشکل ہے۔

اب ذرا سنو تو بچو۔ "نشان حیدر" پانے والوں یا ان چراغوں کی داستان جس کی روشنی پھیلتی ہی جارہی ہے۔ ۶ ستمبر ۱۹۶۵ء کی جنگ میں میجر عزیز بھٹی لاہور سیکٹر میں پنجاب رجمنٹ کی ایک بٹالین کی کمپنی کے کمانڈر تھے۔ دشمن کی فوج ٹینکوں سے ہماری زمین پر حملے کر رہی تھی۔

میجر عزیز بھٹی جو شجاعت کا پیکر تھے، رات دن مسلسل فائر کرا رہے تھے۔ وہ خود شدید زخمی ہوگئے تھے اور گھسٹ رہے تھے۔ وہ آخری سانس آنے تک حوصلہ قائم رکھے ہوئے تھے

اور آخر کار دشمن کے ٹینک کا نشانہ بن گئے۔ میجر عزیز بھٹی جامِ شہادت پی کر زندہ و جاوید ہو گئے۔

بچو۔ تم نے سنا ہو گا کہ بنگلہ دیش پہلے ہمارا مشرقی پاکستان تھا۔ ہمارے دشمن ہندوستان نے حملہ کر کے کچھ علاقہ ناجائز طور پر لے لیا تھا اس مشکل وقت میں میجر محمد طفیل نے بڑی جواں مردی کا ثبوت دیا۔ انہوں نے بڑی جدوجہد اور دشمن مقابلے سے اپنا کھویا ہوا علاقہ واپس لے لیا۔ انہوں نے بھوک پیاس اور اذیت کو برداشت کیا اور آخر اس صبر آزما جنگ میں شہید ہو گئے۔

ہمارے لیے میجر شبیر شریف کی بے لوث خدمات اور قربانیاں یادگار رہیں گی۔ آپ سلیمانکی سیکٹر میں تھے۔ انہوں نے دشمن کی بھاری تعداد اور جدید اسلحے کا تین دن اور تین راتوں تک مسلسل مقابلہ کیا۔ ان کے منہ کے سامنے موت کھڑی تھی اور دشمن کی مضبوط فوج پے در پے حملے کر رہی تھی۔

ان کا یہ کارنامہ انتہائی جرأت مندانہ عمل تھا کہ وہ اپنی زمین سے ذرہ برابر نہ ملے اور آخر شہادت کے درجے پر فائز ہوئے۔

کیپٹن محمد سرور پنجاب رجمنٹ کی ایک بٹالین کے ساتھ کشمیر کے محاذ پر لڑ رہے تھے۔ آپ اس وقت کمپنی کمانڈر تھے۔ بھارتی فوج نے پاکستانی علاقے میں داخل ہوکر اونچی جگہ پر قبضہ کرلیا تھا۔

کیپٹن محمد سرور رات کے ساڑھے تین بجے اپنی کمپنی کو بہت آگے لے گئے یہاں تک کہ دشمن صرف پچاس گز کے فاصلے پر رہ گئے۔ دشمن نے خندقیں بنالی تھیں اور سارے علاقے کو خار دار تاروں سے لیس کر دیا تھا۔ مشین گنوں سے فائر بھی ہو رہا تھا کیپٹن محمد سرور اور ان کی کمپنی نے گرنیڈ سے ایک مشین گن تباہ کی اور دشمن کی فائرنگ کا بڑے عزم سے جواب دیا۔ آخر ان کا دایاں کندھا اور پورا سینہ زخمی ہوگیا۔ وہ خون کے بہتے دھاروں میں اپنے چھ ساتھیوں سمیت تاروں کی دیوار پار کرگئے۔ بہت زور سے دشمن پہ حملہ بول دیا۔ ان کا پورا جسم گولیوں

سے چھلنی ہوگیا۔ وہ آخری سانس تک لڑتے رہے اور شہید ہوگئے۔

پائلٹ افسر راشد منہاس ایئر فورس کے وہ واحد افسر ہیں جن کو نشانِ حیدر ملا ہے۔ وہ کم عمر تھے اور زیرِ تربیت افسر تھے۔ دورانِ پرواز ان کے بنگالی غدّار انسٹرکٹر جیٹ طیارے میں زبردستی داخل ہوگئے۔ راشد منہاس اُس وقت باوجود جدوجہد کے روک نہ سکے۔ پھر انہوں نے بڑے اعتماد سے طیارے کا کنٹرول سنبھالا۔ غدّار اور جاسوس انسٹکڑ نے گن پوائنٹ پر مجبور کیا کہ طیارے کو دشمن کی زمین پر لے جایا جائے۔ راشد منہاس کے پاس پاکستان کے اہم کاغذات اور نقشے تھے۔ انہوں نے اپنی جان کی بازی لگا دی اور جب بھارت کی سرحد چالیس میل دور رہ گئی تو اللہ کے بھروسے پر، جان بوجھ کر اپنی طیارے کا رخ موڑ دیا اور زمین پر گرا دیا۔ راشد منہاس نے پاکستان کی سر بلندی کی خاطر عظیم قربانی دی اور شہادت کا درجہ حاصل کیا۔

میجر محمد اکرم کا نام ہماری تاریخ کا روشن باب ہے۔ جنگ کے وقت بنگلہ دیش (مشرقی پاکستان) میں دشمن کی بھاری اکثریت تھی اور بے پناہ جدید

جنگی سازو سامان تھا۔ میجر محمد اکرم اور ان کے سپاہی دشمن کے خلاف بڑی قوت سے ڈٹے رہے۔ وہ بہادری اور صبر کے دوہرے امتحان سے گزرے ایک تو دشمن طاقتور تھا دوسرے سیاسی وجوہات کی بنا پر اپنوں نے بھی غداری اور جاسوسی کی۔ انہوں نے استقلال کی اعلیٰ مثال پیش کی اور طویل جدوجہد کے بعد شہید ہوگئے۔

لانس نائک محمد محفوظ نے واہگہ سیکٹر میں اپنے سپاہی ساتھیوں کے ساتھ نہائت بہادری سے جہاد کیا۔ دشمن تعداد میں زیادہ تھے اور بڑی مشکل صورتِ حال پیدا کردی تھی۔ دشمن نے جنگی سامان کی آمد و رفت، خوراک اور ضرورت کی اشیأ آنے میں شدید رکاوٹ ڈال دی تھی۔ لانس نائک محمد محفوظ کی بے مثال شجاعت اور قربانیوں نے دشمن کے حوصلے پست کردیئے۔ آخر کار وہ لڑتے لڑتے اپنے مالکِ حقیقی سے جا ملے۔

آرمر رجمنٹ کے سوار محمد حسین وہ پہلے جوان ہیں جن کو "نشانِ حیدر" کا بلند اعزاز دیا گیا

ہے۔ وہ ایک فوجی گاڑی کے ڈرائیور تھے اور ایمونیشن (فوجی جنگی سامان) شکر گڑھ کے ایک گاؤں کو پہنچاتے تھے۔ یہ فرض وہ گولیوں کی بوچھاڑ میں رات دن ادا کرتے رہے۔ وہ اس وقت بھی گاڑی چلاتے رہے جب مشین گن کی گولیاں اُن کے سینے کو لہولہان کر چکی تھیں۔ سارے دن کی اذیت ناک اور طویل، جدوجہد کے بعد مغرب کے وقت دشمن کا حملہ ناکام کر دیا تھا۔ سورج کے ڈوبنے کے ساتھ ساتھ سوار محمد حسین نے بے حساب زخم کھا کر، شدید تکلیف کی حالت میں گاڑی میں ہی جان دے دی وہ شہادت کے اعلیٰ مقام پر جا پہنچے۔

یہ تو اُن آٹھ "نشانِ حیدر" پانے والے شہیدوں کی داستان ہے مگر میرے عزیز بچو۔ ان بے شمار سپاہیوں کی شہادت بھی ہمارے دلوں میں جیتی اور جاگتی رہتی ہے جن کے ناموں کا عام طور سے ذکر نہیں ہوتا۔ ڈھیروں ہزاروں چراغ جلے تب جا کر ہم پاکستانیوں کے گھروں میں روشنی رہی۔

میرے بچو۔ رات ڈھل چکی ہے۔ اب سو رہو۔

سب سے بڑا اور سب سے پیارا اللہ ہمارے دلوں میں جہاد کے احساس کو جاگتا رکھے۔ آمین۔

سچّا دوست

امّاں امّاں بتاؤ نا آج کس کی سالگرہ ہے۔ سعد، اسماعیل اور بختاور تو بہت ہی چھوٹے ہیں اس لیے وہ حیران کھڑے ٹک ٹک دیکھ رہے ہیں مگر اسد میاں اور بابر میاں بار بار امّاں کا گھٹنا ہلا رہے ہیں اور سوال کئے جا رہے ہے۔ ابھی ابھی میلاد النبی صلی اللہ علیہ وسلّم ختم ہوئی تھی۔ چاندنی بچھی تھی اور گاؤ تکیے لگے تھے۔ عطر، پھول، مٹھائی اور شربت سب کچھ موجود تھا۔ امّاں نے بچوں کو پاس بٹھایا اور کہا کہ دیکھو مجھے ٹوکنا نہیں، میں تمھیں ساری بات بتاتی ہوں

میرے پیارے بچو ـــــ ہم آج کے دن اس سب سے بڑے انسان کی یاد میں اکٹھے ہوئے ہیں جو پوری دنیا کے لیے رحمت ہے۔ دیکھو بچو ہماری زندگی میں کچھ باتیں

ایسی ہیں جن کو ہمیشہ عقل کے ذریعے ثبوت ملتا ہے اور چند ایسی ہیں جن کا تعلق ہمارے ایمان اور عقیدے سے ہے۔ ہم آسانی سے مان لیتے ہیں کہ آگ میں انگلی ڈالو گے تو جل جاؤ گے اور ہاں روشنی نہ ہو تو ہم دیکھ نہیں سکتے۔ مگر یہ کہ قرآن پاک اللہ کی کتاب ہے اور اللہ ایک ہے ایسی باتیں ہیں کہ جس کا عقلی ثبوت تمہیں اور الجھا دے گا۔

میرے ننھے منے دوستو۔ تمہارا ذہن اور عقل ابھی پختہ بھی نہیں۔ بہرحال ہم اسے یوں سمجھ سکتے ہیں کہ ملاح نہ ہو تو کشتی کیسے چلے گی۔ یعنی کسی بھی مشین کا کوئی چلانے اور کنٹرول کرنے والا نہ ہو تو وہ کیسے چلے گی۔ یہی حال اس کائنات اور اس میں بسنے والے انسانوں کا ہے۔ ذرا اس دنیا کے پہاڑ و دریا، سمندر و صحرا، اور چاند وسورج پر غور کرو۔ کبھی درخت و پھول پتوں پر، بادلوں اور لہلہاتے سبزے پر نظر ڈالو۔ آخر کوئی تو ان کا خالق ہے! چاند ستاروں کی چمک اور سورج کی روشنی کہاں سے آتی ہے! ندی نالوں کا بہنا، ہوا کا چلنا اور برسات کی بہاریں کس کے حکم پہ برقرار ہیں؟ آندھی، طوفان، سیلاب اور زلزلے

کہاں سے آتے ہیں!۔

بچو۔ عقل تمہیں ان باتوں کے متعلق معلومات دے سکتی ہے مگر ایک نامعلوم بڑی طاقت سے منکر نہیں ہوسکتی۔ یہ ہمیشہ ہمیشہ قائم رہنے والی حقیقت ہے کہ اس کائنات اور ہم سب کا خالق اللہ اور صرف اللہ ہے۔ اللہ نے دنیا کے انسانوں اور تمام جانداروں کے لیے ایک نظام بنایا اور زندگی کے اصول بنائے۔ اس نے ہمیں یہ سب سکھانے کے لیے، اپنی کتاب قرآن پاک اپنے محبوب ترین انسان اور حبیب صلی اللہ علیہ وسلم کے ذریعے بھجوائی۔

اب بچو۔ ہم کتاب پر عمل کیسے کرتے۔ ہمیں تو اپنے جیسے انسان کو عمل کرتے ہوئے دیکھنے کی ضرورت تھی اگر اللہ کے احکام قرآن کی زبانی ہمیں کوئی فرشتہ بتاتا رہتا تو ہم کبھی مکمل طور سے قائل نہ ہوتے اور عمل کرنا ہمارے لیے ممکن نہ ہوتا۔ لہٰذا اللہ نے اسی زمین پر بسنے والے انسانوں میں سے ایک کو اپنا پیغمبر اور اپنا نبی صلی اللہ علیہ وسلم بنایا۔

ہم سب جانتے ہیں کہ محمد مصطفےٰ صلی اللہ علیہ وسلم رسول کریمؐ اللہ کا دین پھیلانے آئے تھے۔ آپ قرآن پاک

کی سچّی تصویر تھے۔ آپؐ پر وحی نازل ہوتی تھی۔ یعنی اللہ ان سے کلام کرتا تھا جو فرشتے کے ذریعے ہوتا تھا۔ قرآن پاک مکمل طور پر اللہ کے الفاظ ہیں اور اس کا کوئی حرف یا کوئی نقطہ بھی رسول اللہ صلی اللہ علیہ وسلّم کا بنایا ہوا نہیں ہے۔

بچّو سنو اور ذرا غور سے سنو۔ تم نے بڑوں سے معراجِ مصطفیٰؐ کے بارے میں بہت کچھ سنا ہوگا۔ تم نے ضرور سوچا ہوگا کہ دراصل یہ واقعہ کیا ہے۔ تم سادے لفظوں میں یوں جانو کہ آخر تم بھی اپنے دوستوں اور عزیزوں کے گھر جاتے ہو اور ان کو بلاتے بھی ہو۔ خاص طور پر جو دوست تمہیں بہت پیارا ہو تم اس کے پاس جائے بغیر کیسے رہ سکو گے؟ ہمارے نبی کریم صلی اللہ علیہ وسلّم اللہ کے پیارے تھے۔ آپؐ اللہ کو ہر لمحہ یاد رکھتے اس کے ہر حکم کو مانتے اور اس کا ہر لمحہ شکر ادا کرتے رہتے تھے۔

ہمارے رسول اللہ صلی اللہ علیہ وسلّم کا اللہ سچّا اور بہت ہی پیارا دوست تھا۔

ہمارے محمد صلی اللہ علیہ وسلم تو اس سچی محبت کی وجہ سے ہماری اور تمہاری نسبت اللہ سے بہت زیادہ قریب تھے۔ اسی لیے میرے ننھے منے دوستو۔ اللہ کے رسول کریم صلی اللہ علیہ وسلم کے بلوانے پر ہمیں ذرا بھی تعجب نہ ہونا چاہیئے۔

اسی لیے ہمارا ایمان ہے کہ اللہ کے حکم کے مطابق محمد مصطفٰے صلی اللہ علیہ وسلم روحانی، ذہنی اور جسمانی لحاظ سے اللہ کے پاس گئے تھے۔

تم ذرا دھیان دو تو یہ بات سمجھ میں آجاتی ہے کہ جب اللہ کے اشارے سے آتش فشاں پہاڑ پھٹ سکتا ہے، چاند گرہن ہوسکتا ہے، زلزلے آجاتے ہیں، سیلاب اُمڈ آتے ہیں، اور سمندروں میں طوفان برپا ہو جاتا ہے تو آخر اتنا بڑا اور اتنا طاقتور اللہ اپنے عزیز ترین دوست کو اپنا جلوہ کیوں نہیں دکھا سکتا ہے۔ قرآن پاک معراج کے واقعے کی گواہی دیتا ہے۔

ارے بھئی یہ کیا۔ آصف اور عثمان اور عمر بھی آگئے ہیں۔ آتے ہی پانی پی رہے ہیں۔ سب بچوں نے ہلچل سی

مچا دی ہے۔ سب ہی کو اچانک پیاس لگ گئی
ہے! اچھا چلو پھر سے بیٹھو۔ ہاں میرے پیارو۔
میرے بچو۔ ہم معراج کی بات کر رہے تھے۔

پہلے پہل ذرا سہل لفظوں میں چند باتیں سمجھ لو
سب انسانوں کو بنانے والا اللہ اور صرف اللہ ہے۔
پروردگار کو اپنے بندوں سے اور اپنی ساری مخلوق
سے بے حد و حساب پیار ہے۔ سب بندوں میں
نیکی اور بدی کے عناصر موجود ہیں ہم انسانوں کو
مسلسل کوشش اور محنت سے اپنا راستا روشن
کرنا ہے۔ اللہ نے ہر زمانے میں ہماری مدد اور
اصلاح کے لیے نبی بھیجے ہیں۔ اللہ کے ایک لاکھ
چالیس ہزار پیغمبروں کے پاس کوئی نہ کوئی معجزہ
تھا۔ مگر قرآن پاک میں چند نبیوں اور تھوڑے سے
پیغمبروں کا ذکر آیا ہے۔ معجزہ کے عام معنی ہیں عاجز
کرنا۔ ایسا واقعہ جو عام آدمی کے نزدیک ناممکن
ہو معجزہ ہے۔ یہ صلاحیت صرف انبیائے کرام میں
ہے۔ اگر اللہ کے پیارے، عبادت گزار اور پارسا
بندوں سے کوئی انہونی یا تعجب خیز بات ہو جائے

تو وہ کرامت ہے، معجزہ نہیں۔

بچو— چند مثالیں سنو۔ بادشاہ نمرود جس کو خدائی کا دعوہٰ تھا، حضرت ابراہیم علیہ السلام کو دہکتے انگاروں میں ڈال دیتا ہے باری تعالیٰ نے حکم دیا" اے آگ ابراہیم علیہ السلام پر ٹھنڈی ہو جا"! اس حکم پر انگارے گلزار بن گئے۔ حضرت سلیمان علیہ السلام کی سمندر صحرا اور ہوا پر حکومت تھی۔

حضرت موسیٰ علیہ السلام "کلیم اللہ" یوں کہلاتے تھے کہ آپ اللہ سے بات کرتے تھے۔ حضرت عیسیٰ علیہ السلام کا حضرت مریم علیہ السلام کے پیٹ سے گواہی دینا کہ وہ خدا کے نبی ہیں۔ معجزہ ہے۔ غرض کہ حضرت آدم علیہ السلام سے رسول کریم محمد مصطفیٰ صلی اللہ علیہ وسلّم تک کا زمانہ، کئی نبیوں کے معجزے بیان کرتا ہے۔

ہمارے حبیب اللہ یعنی رسول کریم صلی اللہ علیہ وسلم کو چاند کے شق ہونے کا معجزہ بھی عطا ہوا تھا اور سب سے بڑی عظمت یہ تھی کہ آپ صلی اللہ علیہ وسلّم

پر قرآن پاک نازل ہوا اور معراج نصیب ہوئی۔

میرے دوستو۔ سب انبیاء پر سبقت لے جانے والا معجزہ معراج کچھ اس طرح سے ہے کہ آپؐ ۲۷ رجب المرجب کو حضرت اُمّ ہانی رضی اللہ عنہا کے مکان پر آرام فرما رہے تھے آپ صلی اللہ علیہ وسلّم کی عمر ۵۲ سال تھی۔ آپ صلی اللہ علیہ وسلّم حضرت جبرائیل علیہ السلام کے پیغام پر مسجد اقصیٰ تشریف لے گئے تمام انبیائے کرام نے حضور صلی اللہ علیہ وسلّم کی امامت میں نماز ادا کی۔ آپ صلی اللہ علیہ وسلّم خلاء سے بذریعہ براق پرواز کرکے سدرۃ المنتہیٰ تک گئے۔

آپ صلّی اللہ علیہ وسلّم کو ربِّ کریم نے جنت و دوزخ کے نظارے بھی دکھلائے رسول کریم صلی اللہ علیہ وسلم کے بارگاہِ خداوندی میں پہنچنے کے بارے میں قرآن پاک میں ارشاد ہے " اتنا فاصلہ رہ گیا جتنا کمان کے دو کناروں کے درمیان ہوتا ہے" آگے چل کر اللہ قرآن پاک میں فرماتا ہے "بے شک اس نے (نبی کریمؐ نے) اپنے رب کی بڑی بڑی نشانیاں دیکھیں" معراج کے واقعے

کا ذکر سورۂ بنی اسرائیل میں بیان کیا گیا ہے۔ مثلاً "اللہ لے گیا بِعَبْدِہٖ اپنے بندے کو" ہمیں صاف صاف بتا دیا گیا ہے کہ ہمارے رسول پاک صلی اللہ علیہ وسلم اپنے صاف و روشن جسم اور قلب سے اللہ کے پاس آسمان پر گئے تھے۔

دلچسپ بات یہ ہے کہ آنے والا سائنس کا زمانہ اس معجزے کی تصدیق کرتا ہے۔ خلاء کے بارے میں علم، تسخیرِ کائنات، شمسی نظام، اور بہت سی نئی ایجادیں معراج کے واقعے کو ثابت کرتی جاتی ہیں۔ ہم جانتے ہیں کہ پانی یا گرمی سے پیدا ہونے والی بجلی گھروں اور صنعتی کارخانوں میں استعمال ہوتی ہے۔ بجلی کے موجد امریکی سائنس داں بنجمن فریکلن کا کہنا ہے کہ اگر بادلوں کی رگڑ سے پیدا ہونے والی بجلی اس کے قابو میں آجائے تو وہ دنیا کے ذرے ذرے کو روشن کر سکتا ہے۔ جدید تحقیق سے معلوم ہوتا ہے کہ زمانۂ قدیم میں آسمانی بجلی سے کام لیا جاتا رہا ہے۔ براق دراصل حد درجہ طاقتور برق یا بجلی ہے جو موجودہ دور کے راکٹوں سے لاکھوں گنا زیادہ،

طاقت ور ہے ۔ اس میں کوئی شک ہر گز بھی نہیں کہ وہ اللہ کے حکم پر اللہ کے سچے دوست محمد مصطفیٰ صلی اللہ علیہ وسلّم کو لمحہ بھر کو آسمان پر لے گیا اور پھر واپس بھی لایا ۔

میرے بچو۔ ابھی ایک خاص بات باقی رہ گئی ہے وہ یہ کہ یہ واقعہ کیوں پیش آیا ؟ پہلی اہم بات تو یہ ہے کہ رسول کریم صلی اللہ علیہ وسلّم کی اللہ سے بے حد پکّی اور پیاری دوستی تھی ۔

اللہ کے پاس عبادت کروانے کے لیے اور اپنا حکم منوانے کے لیے بے شمار فرشتے اور جن موجود تھے۔ ساری کائنات اس کی حمد و ثناء کرتی تھی

معراجِ مصطفیٰ صلی اللہ علیہ وسلّم اس بات کا ثبوت ہے کہ انسان اللہ کو کس قدر عزیز اور پیارا ہے۔ اللہ کی ذات سراپا محبت و خلوص ہے ۔ اللہ تعالیٰ یہ واضح کرتا ہے کہ انسان سب مخلوق میں افضل ہے وہ اگر اپنے اعمال نیک رکھے تو اس کا مقام کسقدر بلند ہے ۔

معراج نبوی صلی اللہ علیہ وسلّم ہم کو سمجھاتی ہے کہ

انسان کے اختیارات لامحدود ہیں۔ اس میں دنیا پر چھا جانے کی صلاحیت ہے۔ اس کی حکومت میں زمین و آسمان، سمندر و پہاڑ اور ساری فضائیں شامل ہیں۔ بس میرے بچو۔ بات اتنی سی ہے کہ انسان مومن بن جائے اور اللہ کے سچے دوستؐ سے پکی دوستی کر لے۔

اب اٹھو میرے دوستو۔ شام ڈھل گئی ہے۔ تم اللہ کے سائے تلے پلو، بڑھو پھر ملیں گے۔

۔خدا حافظ۔

کرنیں

آؤ بچو، سنو کہانی۔ دن ڈھلا اور رات آئی۔ ہماری تمہاری دوستی پرانی، بھلا کہانی سنے بنا تم کیسے سو جاؤ گے

بہت اور بہت دنوں کی بات ہے، ترکستان کے ایک شہر میں ایک لڑکا رہتا تھا ــــــ اُس غریب کا کچھ بھلا سا نام تھا، یاد نہیں آرہا۔ یہ غریب لڑکا ایک محلے میں رہتا تھا۔ بلال، حسام اور منعم اس کے اچھے دوست اور ہم جماعت تھے۔ بلال کے والد جب بغداد سے آتے تو اپنے ساتھ کہانیوں اور حدیثوں کی کتابیں لاتے تھے۔ وہ بلال سے اکثر کتابیں لے لیا کرتا تھا اور دو چار دن میں پڑھ کر واپس دے دیا کرتا تھا۔

وہ غریب ماں باپ کا بیٹا تھا۔ جب اس کے ابا اِس دنیا سے چلے گئے، تو اس کے گھر کے مالی حالات اور بھی خراب ہو گئے۔ وہ ایک چھوٹے بچے کو شام کے وقت پڑھاتا تھا اس کی اپنی عمر گیارہ بارہ سال تھی اور یہ چھوٹا بچہ ساڑھے چار سال کا تھا۔ اُسے اِس طرح سے کچھ پیسے مل جاتے تھے۔ ان پیسوں سے گھر کا ضروری خرچ نکل آتا تھا۔ اور

معمولی کپڑے بن جاتے تھے۔ اسے کبھی کبھی اپنے اور اپنی ماں کے لیے مسجد سے کھانا لانا پڑتا تھا جو اُن دنوں سخی لوگ تقسیم کیا کرتے تھے اسے کھانا لاتے ہوئے شرم آتی تھی مگر وہ یہ بھی جانتا تھا کہ اتنی چھوٹی عمر میں وہ مکتب میں پڑھائی کے ساتھ ساتھ ایک نوکری کے علاوہ اور کام کیسے کرے۔ اس کی ماں بیماری کے سبب کوئی باہر کا کام نہیں کرسکتی تھی۔ اسے روز گھر کے دیئے کے تیل اور چولہے کے لیے لکڑیاں بھی خریدنا پڑتی تھیں۔ وہ کبھی کبھی رات کو زیادہ دیر تک پڑھتا تو دیئے میں تیل زیادہ خرچ ہو جاتا تھا۔ تو دوسرے دن اس کے پاس اتنے پیسے نہ ہوتے تھے کہ نہر پر جاکر صابن سے اپنے کپڑے دھو سکے۔

میرے پیارے بچو ـــــ وہ لڑکا بہت ہی اچھا لڑکا تھا۔ جب رات آتی تو وہ روز دن کا پڑھا ہوا سبق یاد کرتا تھا۔ اور اس کے بعد کہانیوں کی کتاب پڑھتا تھا۔ اسی طرح روز رات کے دو۲ بجتے تھے۔ اسے پڑھنے لکھنے کا اتنا شوق تھا کہ کبھی یہ بھی ہوتا تھا کہ ساری رات کتاب پڑھتے گزرتی تھی۔ اس کی چارپائی کے سرہانے مٹی کا ایک دیا جلتا رہتا تھا۔

میرے دوستو، میرے بچو ـــــ آج اس کہانی کو سناتے ہوئے تمہارے ساتھ ساتھ ہمارا خود بھی جی دُکھ رہا ہے۔ بات یہ ہے کہ یہ کہانی سچی ہے اور بہت پرانی ہے۔ ہم نے یہ کہانی پینتیس۳۵ چالیس۴۰ سال پہلے

اپنے ابّا سے سنی اور اب تمہیں سنا رہے ہیں۔ مگر بچو، سچی کہانی تو ہمیشہ ہی پیاری لگتی ہے۔

ہاں تو بچو، میں یہ سنا رہی تھی کہ اس لڑکے پر بڑی مشکلیں گزر رہی تھیں مگر وہ غم گین نہ رہتا تھا۔ اس کی خوشیاں چھوٹی چھوٹی اور سادہ تھیں۔ اگر اُسے وقت ملتا تو تیرنے چلا جاتا تھا۔ یا حشام اور منعم کے ساتھ دوڑیں لگاتا اور تتلیاں پکڑتا تھا۔ اسے پڑھنے کا بہت شوق تھا۔ اس کے دل میں ایک لگن تھی کہ میں خوب علم حاصل کروں گا۔ بچو تم غور سے سنو ــــــ اس کے دل میں یہ بات بھی تھی کہ میں صرف علم حاصل ہی نہیں کروں گا بلکہ اُسے خوب پھیلاؤں گا۔ علم کو لوگوں میں بانٹوں گا۔

ایک رات کا ذکر ہے کہ وہ اپنی چارپائی پر بیٹھا کتاب پڑھ رہا تھا کہ دیئے کی روشنی مدھم ہونے لگی۔ اس نے ہاتھ بڑھا کر بتّی اونچی کی۔ روشنی ہوئی تو ضرور مگر جلد ہی ختم ہوگئی۔ اب جو اس نے دیئے پر نظر ڈالی تو اُسے یہ دیکھ کر افسوس ہوا کہ تیل تو دیئے میں ہے نہیں۔ اب بھلا روشنی ہو تو کیوں کر ہو۔؟

اُب میں کیا کروں" اس کے منہ سے نکلا۔ وہ سوچنے لگا کہ شہر کی سب دکانیں بند ہو چکی ہیں۔ رات آدھی کے قریب گزر چکی ہے۔ اور سچ بات یہ بھی تو ہے کہ کوئی دکاندار اسے تیل کیوں دے گا جب کہ اس کے پاس تیل کے لئے پیسے نہیں ہیں۔ اسے پرسوں شام کو پڑوسی بچے کے والدین سے پیسے ملیں گے جہاں وہ پڑھانے جاتا تھا۔ اس

حالت میں بہتر یہی تھا کہ وہ کتاب کو سرہانے رکھ کر سو جائے۔ اِس خیال سے اس کے آنسو نکل آئے کہ وہ ابھی دو گھنٹے پڑھ نہیں سکتا۔ اسے کوشش کے باوجود نیند نہیں آرہی تھی۔

اس نے سوچا کہ اپنی خالا خدیجہ سے جاکر کہوں کہ میں کتاب اور پڑھنا چاہتا ہوں تو وہ کہیں گی کہ بیٹے رات بہت ہو گئی ہے۔ سو رہو۔ صبح مکتب جانا ہے۔ اس نے اپنے چغے کی جیب سے نرم سی موم بتی نکالی جس کی تہہ میں کاغذ چپکا ہوا تھا۔ اس نے سوچا کہ چولہے کے پاس سے ڈھونڈ کر ماچس نکال لوں شاید ماں نے کہیں رکھی ہو۔ ارے ارے یہ کیا۔ موم بتی تو ٹوٹی اور گلی ہوئی تھی۔ اسے یاد آیا کہ وہ ایک دن بارش میں جیب میں بھیگ گئی جب وہ لڑکوں کے ساتھ میدان میں کھیل رہا تھا۔ اب اس کی سمجھ میں نہیں آرہا تھا کہ کیا کرے۔ اس کے دل میں آیا کہ اپنے کمرے سے نکل جائے اور پڑوسی کے گھر کی کھڑکی کی جالی سے چھنتی روشنی میں چند صفحے پڑھ لے۔ مگر اسے یاد آیا کہ اسے باپ نے ایک بار سمجھایا تھا کہ اپنی ماں کو بیماری میں بالکل اکیلا کبھی نہ چھوڑنا۔ وہ بیچارہ جاتے جاتے رک گیا۔ تو پھر کیا کروں ؟ وہ سر پکڑ کر بیٹھ گیا۔

وہ اپنے دل میں کہنے لگا اللہ میاں تم کوئی جگنو ہی میری کھڑکی میں بٹھا دیتے تو میں کتاب پڑھ لیتا۔ مگر وہ خود ہی مسکرایا کہ بھلا کوئی جگنو کی روشنی میں بھی پڑھ سکتا ہے۔ وہ سوچنے لگا کہ ذرا چاند ہی نکل

آتا تو میں کتاب پڑھ لیتا۔ اُسے روشنی کی چند کرنوں کی تلاش تھی۔ وہ رونے لگا۔ اور روتے روتے اپنی کوٹھڑی سے باہر نکل کر دروازے پر آ بیٹھا۔

سنو بچو ——— رات کا اندھیرا ہر طرف چھایا ہوا تھا۔ اس سناٹے میں کہیں بھی کوئی چراغ جلتا ہوا دکھائی نہیں دے رہا تھا۔ مگر یہ کیا۔؟ اس کی نظر روشنی کی ایک ننھی سی لکیر پہ پڑی جو دور کسی دیوار پر دکھائی دے رہی تھی۔ اسے دیکھتے ہی، اس کے دل میں یہ خواہش پیدا ہوئی کہ کاش یہ روشنی اس کے گھر میں ہوتی۔

روشنی دیکھ کر وہ اُٹھ بیٹھا۔ اس کے ہاتھ میں کتاب تھی۔ وہ ادھر قدم اٹھانے لگا جدھر سے روشنی آرہی تھی۔ کچھ دور جا کر اس نے دیکھا کہ وہ روشنی ایک قندیل سے نکل رہی ہے۔ اور یہ قندیل محلے کے چوکیدار کے ہاتھ میں ہے۔ اس نے چوکیدار کو سلام کیا اور بڑے ادب سے کہا "اگر آپ اجازت دیں تو میں آپ کی قندیل کی روشنی میں کتاب پڑھ لوں۔" چوکیدار نیک دل تھا۔ اس کے سر پہ ہاتھ رکھ کر بولا "ہاں بیٹے پڑھ لو، میں تھوڑی دیر یہاں بیٹھوں گا۔" وہ لڑکا قریب بیٹھ کر کتاب پڑھنے لگا۔

اب مشکل یہ تھی کہ چوکیدار ایک ہی جگہ زیادہ دیر ٹھہر نہیں سکتا تھا۔ اس لئے تھوڑی دیر بعد کہنے لگا "بیٹا اب تم گھر جاؤ اور سو جاؤ۔ مجھے آگے جانا ہے" وہ لڑکا بولا "آپ ضرور آگے جائیے۔ جہاں جی

چاہیے جائیے۔ میں آپ کے پیچھے پیچھے چلوں گا۔" چوکیدار قندیل اٹھا کر آگے آگے چلنے لگا اور لڑکا پیچھے پیچھے۔ اس طرح سے پڑھنے میں، اسے خاصی دقت ہو رہی تھی۔ مگر اس نے ہمت نہ ہاری اور چار بجے تک کتاب پڑھتا رہا۔ پھر اس نے چوکیدار کا شکریہ ادا کیا اور گھر واپس آیا۔

دوسری رات یہی واقعہ پیش آیا۔ تیسری رات جب وہ لڑکا آیا تو چوکیدار کہنے لگا "و بیٹا لو یہ قندیل اپنے گھر لے جاؤ، میں نئی قندیل لے آیا ہوں۔" لڑکے کا خوشی کے مارے برا حال تھا۔ وہ کبھی چوکیدار کے ہاتھ چومتا تھا اور کبھی اپنا سر اسکے گھٹنوں میں رکھتا تھا۔ وہ قندیل اپنی کوٹھری میں لے آیا۔ اب وہ روز اطمینان سے رات کو کتابیں پڑھتا تھا۔

میرے پیارے بچو ______ دن گزرے، مہینے گزرے، سال گزرے، غرض بارہ ۱۲ سال بیت گئے۔ اس لڑکے کی ماں بھی اس دنیا سے چلی گئی جس نے اسے بڑی محبت سے پالا پوسا تھا۔ اس چوکیدار کے قدموں کی چاپ بھی کہیں گم گئی جس نے اس لڑکے کو اپنی قندیل دے دی تھی۔ وہ لڑکا جوان ہو گیا۔ اور اپنے شہر فاراب میں مشہور استاد بن گیا۔ اس نے شروع میں پچیس ۲۵ سال تک اُن لڑکوں کو پڑھایا جن کے گھروں میں روشنی نہیں ہوتی۔ پھر وہ شب و روز کی محنت اور علم کی لگن کی بدولت اتنا بڑا استاد اور عالم بن گیا کہ دوسرے ملکوں سے طلباء و

طالبات اُس سے پڑھنے کے لیے آیا کرتے تھے۔ پھر وہ اپنے دور کا سب سے بڑا استاد مانا گیا۔ اور بڑے بڑے عالم اس سے فیض حاصل کرتے تھے۔

وہ ہمیشہ نماز پڑھنے کے بعد اپنے مولیٰ کا شکر ادا کرتا اور کہتا کہ اب میں روشنی کے پیچھے پیچھے نہیں چلتا وہ خود میرے ساتھ ساتھ رہتی ہے۔ میں ذرا سے اجالے کے لیے رویا کرتا تھا اور اب میرے قلم سے روشنی کی کرنیں پھوٹ رہی ہیں۔

میرے دوستو ——— یہ بات ایک ہزار سال پرانی ہے۔ تم جانتے ہو یہ لڑکا کون تھا ——— ؟ یہ ابونصر فارابی تھا۔ یہ بالکل تمہارے جیسا ہی تھا ——— ابونصر فارابی نے جی لگا کر خلوص اور محنت سے علم حاصل کیا اور اپنے وقت کے ایک عظیم عالم اور بے حد لائق استاد بن گئے۔ ان کے علم کی کرنیں، نہ صرف اُس زمانے میں، بلکہ آج بھی ہماری دنیا کو مسلسل روشن کر رہی ہیں۔

''درخت، پرندے اور والنٹیرزم''

اپنے آس پاس پھیلی ہوئی زمین پر ذرا پیار سے نگاہ ڈالیں تاریخ شاہد ہے کہ اس دھرتی پر ہزاروں لاکھوں زلزلے اور بھونچال آئے۔ نا جانے کتنے طوفان، سیلاب، اور عذاب آئے جنگ وجدل ہوئے، فتنہ وفساد ہوئے اور انسانی نفرتوں کی آگ جلتی رہی... مگر پھر بھی زمین کے سینے پر سرسبز گھنے جنگلوں نے اُگنا نہ چھوڑا۔ لہلہاتے پیڑوں کے جھنڈ کرۂ ارض سے غائب نہ ہوئے۔ بلکہ ہمیشہ سے یہ ہوتا آیا ہے کہ مختلف انداز سے پودے، بیلیں، جھاڑیاں اور تناور درخت پنپتے اور پروان چڑھتے رہے۔ بھلا پیارے رب کی بسائی ہوئی ہماری زمین کیوں بنجر اور ویرانہ بن جائے! کسی کی ہمت نہیں کہ انسانی نیکیوں کے وجود کو مٹا کر رکھ دے۔ سچ تو یہ ہے کہ ان نیکیوں کی بدولت یہ نیلا آسمان کھڑا ہے، دنیا میں دلکشی ہے اور ہرے بھرے درختوں کی ٹھنڈی چھاؤں ہے۔

ہم نیکی اور فلاح کے کاموں کو وسیع آسمان پر چھلنے

پرندوں سے بھی تشبیہ دے سکتے ہیں۔ کون نہیں جانتا کہ رُتوں کے بدلنے، ناگہانی آفت اور آندھی سے دنیا بدل کر رہ جاتی ہے۔ عمارتوں کے تہہ و بالا ہونے سے اور آسمان کے نت نئے رنگ بدلنے سے بے شمار پرندے مرجاتے ہیں۔ اِن حالات میں بے شمار انسان بھوک اور موت کی نذر ہو جاتے ہیں۔ مگر ذرا سوچئے تو یہ چار سو چھایا آسمان کبھی پرندوں کی پرواز سے خالی نظر آیا ہے! دنیا کا کوئی مقام ہو، کوئی موسم ہو، کبھی ایسا ہوا ہے کہ پرندوں نے چہچہانا چھوڑ دیا ہو! یہی حال نیکی اور فلاح کے کاموں کا ہے۔ جن کے ازلی اور ابدی وجود سے یہ زندگی اپنی تمام تر رعنائیوں کے ساتھ قائم ہے۔

والنٹیرزم کیا ہے۔ جو کام کسی لالچ، انعام ڈر اور جبر سے آزاد اور شہرت کی خواہش سے ہٹ کر کیا جاتا ہے وہ ہمیشہ زندہ رہتا ہے یہی والنٹیرزم ہے اور یہے رضاکار کی نشانی۔

ثاقبہ رحیم الدین